Tehuantepec:
uchitán Festival

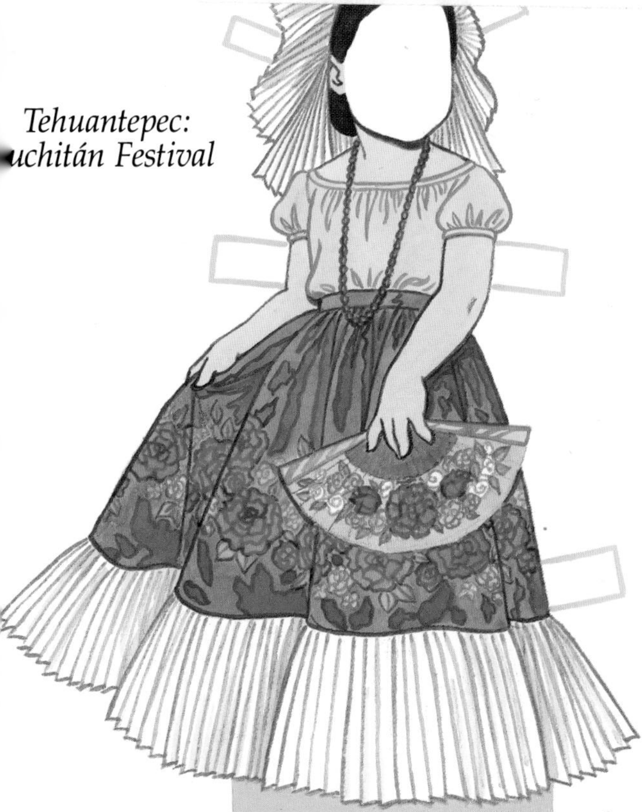

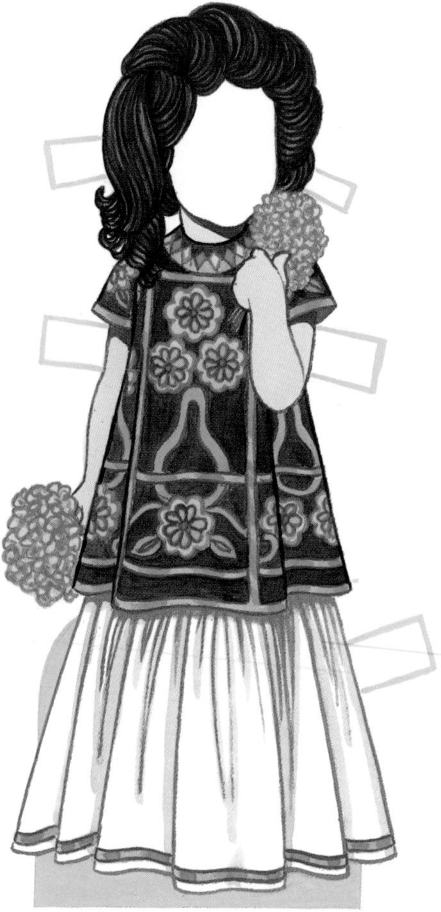

Oaxaca

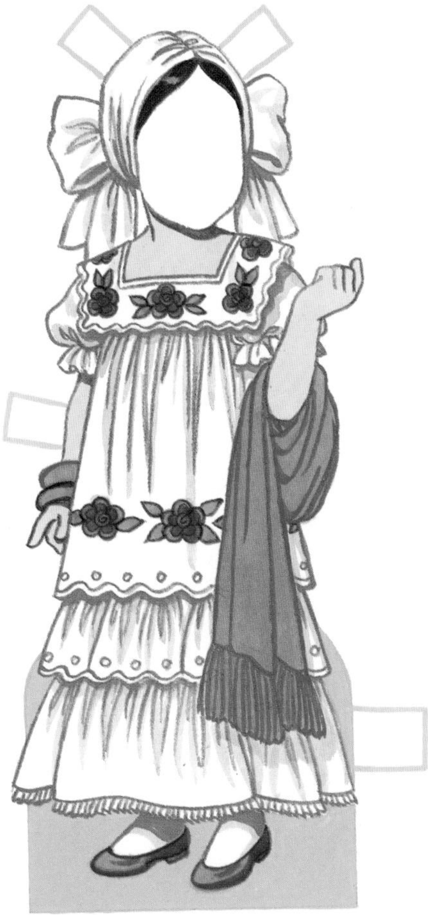

Yucatán

"China Poblana"
Costume

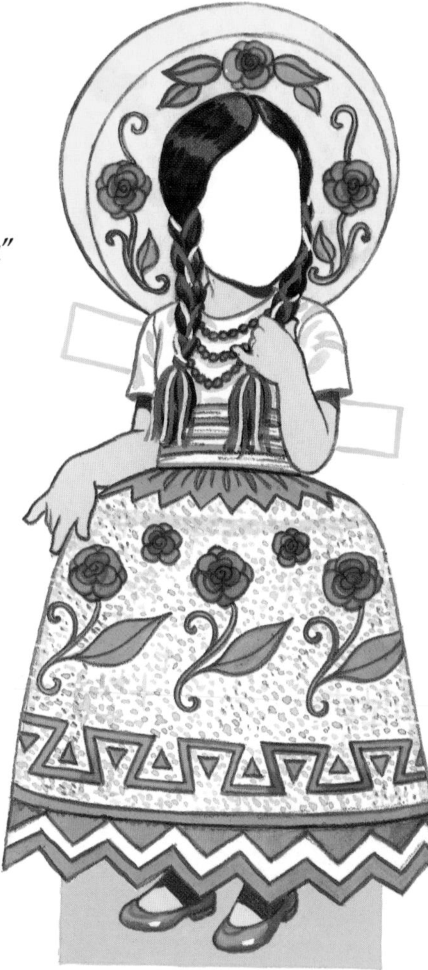

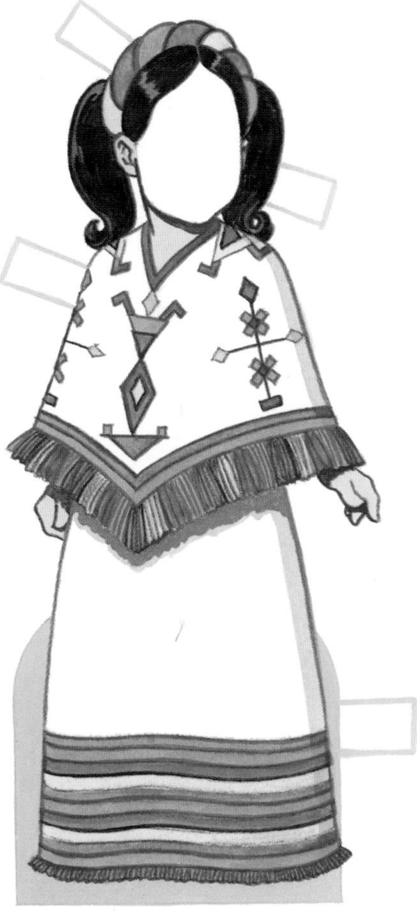

San Luis Potosí

Mexico City:
Fete of St. Anthony

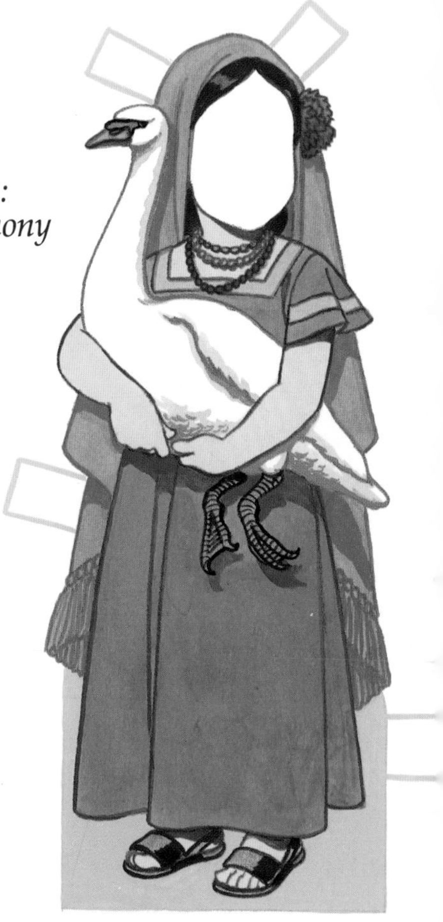

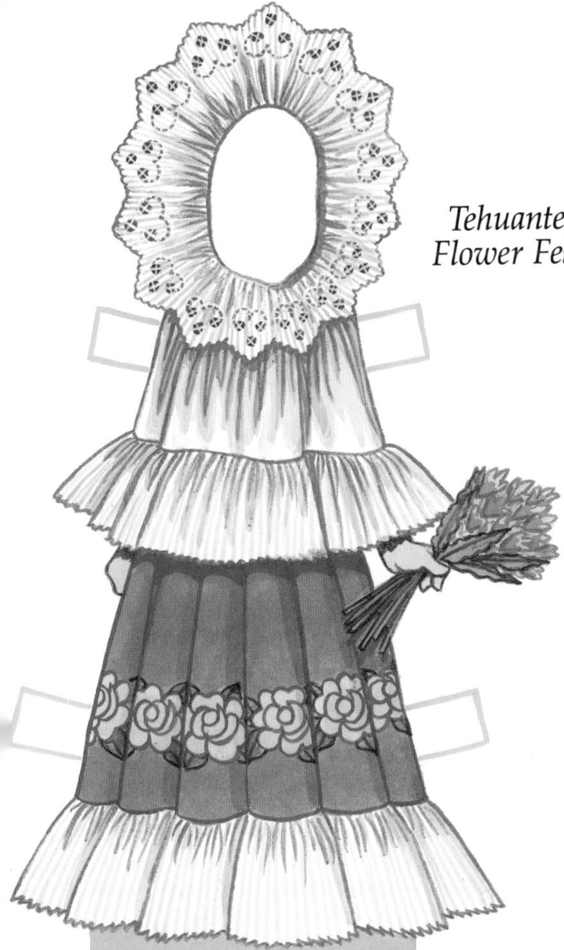

Tehuantepec: Flower Festival

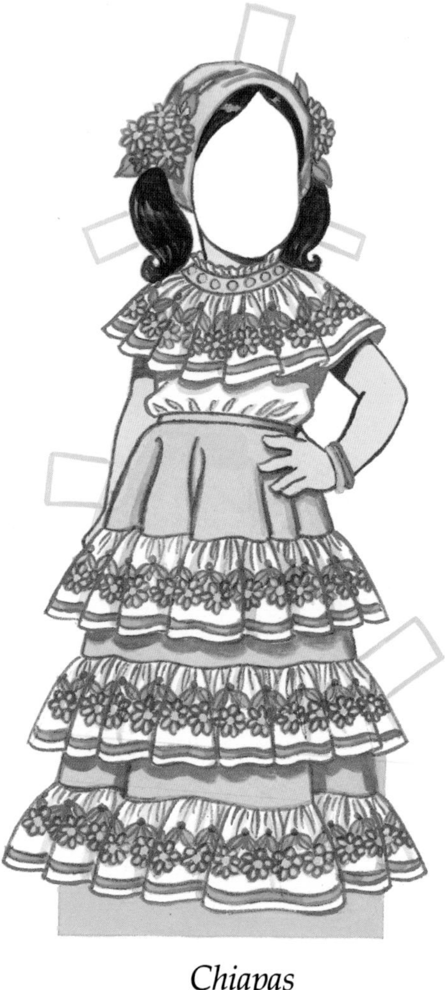

Chiapas